신이 원망스럽게 느껴지는 사람을 위한 책

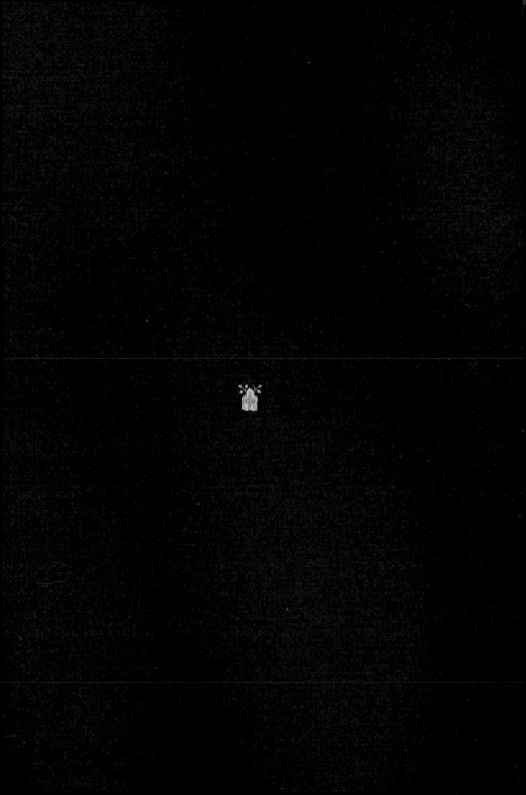

오늘 갑자기
신이 원망스러운
사람에게

어느 오후 스쳐지나는 바람이 들려주는 이야기

프리드리히 지음

지성과문학

오늘 갑자기 신이 원망스러운 사람에게

어느 오후 스쳐지나는 바람이 들려주는 이야기

신이 원망스럽게 느껴지는 사람을 위한 책

오늘 갑자기 신이 원망스러운 사람에게
어느 오후 스쳐지나는 바람이 들려주는 이야기

프리드리히

지성과문학

✽ 오늘 갑자기 신이 원망스러운 사람에게

오늘 갑자기 신이 원망스러운 사람에게

어느 오후 스쳐지나는 바람이 들려주는 이야기

1. 신은 우리에게 꼭 필요한가

✷ 오래된 거짓말

신은 우리가 숨을 곳과 의지할 곳을 준다.
그는 암흑으로부터 우리를 구원할 것이다.

그러나 모두 경험하듯이 신은 필요할 때, 많은 경우, 우리를 외면한다.
오래된 거짓이다.

오늘 갑자기 신이 원망스러운 사람에게

✱ 어느 오후 스쳐지나는 바람이 들려주는 이야기

신은 과연 우리에게 필요한가.
우리는 의지 저편의 것에 대하여 신에게 이루어 주기를 희망한다.
그러나 신이 해 주는 것은 우리가 할 수 있는 범위의 것에 대부분 국한한다.

신은 우리 의지 영역 밖의 기도는 거의 예외 없이 외면한다.
그는 마치 우리에게 아무것도 해 줄 마음이 없는 것 같다.

우리에게 신은 결국 필요 없을지도 모른다.
아니면 우리가 신에게 너무 많은 것을 바라는지도 모른다.
대부분의 경우, 신보다 우리 의지가 훨씬 더 유익하다.

신은 우리 의지로 할 수 있는 만큼만 전지전능하다.
그 외는 그도 어쩔 수 없다.
결국 우리 의지가 신이다.

오늘 갑자기 신이 원망스러운 사람에게

사람을 성공으로 이끄는 것은
신이 아니라 사람의 노력이다.
사람을 행복으로 이끄는 것은
신이 아니라 사람의 의지이다.
사람을 구원으로 이끄는 것은
신이 아니라 사람의 베풂이다.

오늘 갑자기 신이 원망스러운 사람에게

대부분의 경우, 신보다 우리 의지가 훨씬 더 유익하다.

2. 신은 우리에게 무엇을 주는가

✹ 오래된 거짓말

신은 무한적 힘을 가진다. 그가 할 수 없는 것은 없다.
신은 우리에게 모든 것을 주는 존재이다.

그러나 오히려 그가 할 수 있는 것이 무엇인지가 의문이다.
우리가 희망하는 '신의 무한성'은 거짓이다.

오늘 갑자기 신이 원망스러운 사람에게

❋ 어느 오후 스쳐지나는 바람이 들려주는 이야기

물론, 신의 본성은 무한성이다.
하지만 우리가 원하는 대로, 신이 모두 이루어 준다면
세상은 오래가지 않아 모두 파멸할 것이다.

신의 일은 신이 해야 하듯이
인간의 일은 인간이 해결해야 한다.

우리 개인적 희망에 대해 너무 많은 것을 원해서는 안 된다.
신은 끝 없는 시간 동안, 광대한 우주를 유지하는데도 매우 바쁘기 때문이다.
우리 일은 우리가 해결해야 한다.
대신, 신은 우리에게 중요한 열쇠를 주는데
그것은 다름 아닌 우리가 원하는 것을 하려고 하는 [용기]이다.
신은 용기 있는 자에게만 그가 원하는 것을 얻도록 돕는다.

신은 별로 힘이 없어 보이지만, 우리를 실망시키지는 않았다.
[용기]를 주었기 때문이다.

오늘 갑자기 신이 원망스러운 사람에게

신의 일은
우리가 원하는 것을 주는 것이 아니라
우리가 원하는 것을 위해 행동하도록 용기를 주는 것이다.
신이 원망스러운 것은 그 이상을 바라기 때문이다.

오늘 갑자기 신이 원망스러운 사람에게

신의 일은 신이 하듯이 인간의 일은 인간이 해결해야 한다.

3. 신은 자비로울 필요가 있는가

✱ 오래된 거짓말

신의 용서와 사랑은 우리를 유지시킨다.
그마저 없다면 우리는 숨을 곳이 없다.

그러나 우리를 유지시키는 것은 신의 자비로움이 아니라
오히려 가끔 있는 그의 분노이다.
신의 한결같은 자비로움은 거짓말이다.

오늘 갑자기 신이 원망스러운 사람에게

✱ 어느 오후 스쳐지나는 바람이 들려주는 이야기

신도 변덕스럽다. 그의 분노는 자비의 다른 이름이다.
신도 감성을 가진 개체이다.
우리 세계는 감성을 중심으로 구성되기 때문에
만일 그렇지 않다면 신은 우리를 이해하지 못할 것이다.
기쁨과 슬픔, 사랑과 미움, 자비와 분노, 이것은 원래부터 가지고 있는 신의 속성이고
그 속성 그대로, 우리가 만들어졌다.

신은 우리에게 모든 것을 주었다.
우리는 신과 크게 다를 바 없다.

단지, 잊어버리고 사용하지 않을 뿐이다.
만일 기억해 낸다면, 신에게 자비를 구할 필요조차 없다.

우리는 불완전하고 실수투성이이다.
스스로 고치거나 자비를 구하면 된다.
신은 당연히 스스로 고치기를 바랄 것이다.

오늘 갑자기 신이 원망스러운 사람에게

신은
세상을 통치하는 자이지
사람을 용서하고 자비를 베푸는 자가 아니다.
이는 악하고 파렴치한 자들이 조작한 허상이다.
그것이 그들 마음을 편하게 하기 때문이다.
신을 악마로 만들어 버린 악하고 파렴치한 자들이여.

오늘 갑자기 신이 원망스러운 사람에게

신은 우리에게 모든 것을 주었다. 우리는 신과 크게 다를 바 없다.

4. 신에게 모든 것을 맡기면 되는가

신은 모든 것을 통치하고 또 이상향으로 인도한다.
그에게 모두 맡기면 세상은 평화롭다.

그러나 아직 세상이 어지러운 것이
우리가 신에 완전히 의지하지 않음에 기인하는 것은 아닌 것 같다.
오래된 거짓이다.

오늘 갑자기 신이 원망스러운 사람에게

✱ 어느 오후 스쳐지나는 바람이 들려주는 이야기

신이 통치하는 것은 이제 극히 최소한의 부분만 남았다.
우리의 자유 의지가 세상 대부분을 통제한다.
신의 역할은 이미 우리에게 넘어왔다.

인간 자유의지도 신의 의도이다.
신이 그것을 부여했기 때문이다.

유일하게 남은 신의 역할은 법칙이 깨지지 않도록 하는 일뿐이다.
이 일에 대해서만 신은 분노한다.
하지만 그에 대한 징벌도 그가 아니라, 우리가 스스로 내리도록 인내한다.
모든 것이 이미 태초부터 우리에게 넘어왔었다는 것을 잊지 말 일이다.
이제 신을 탓할 것 없다.
우리는 신이 부여한 역할을 용기를 가지고 수행하면 그뿐이다.

신에게 자꾸 맡기라고 하는 것은 그가 한 말이 아니라
타락한 사제들이 한 말일 것이다.

오늘 갑자기 신이 원망스러운 사람에게

신에게 맡겨야 할 유일한 것은
사악함에 대한 정신세계 속 심판이다.
현실 세계에서 사악한 자들이 웃고 떠들어도
그 마음속에서 비추는 태양은 어두운 핏빛이며
그 마음속에서 내리는 비는 비린내로 역겨울 것이다.
자신의 마음속에 핏빛 태양과 역겨운 비린내가 느껴지지 않는다면
신을 원망할 것 없다.

오늘 갑자기 신이 원망스러운 사람에게

신에게 모두 맡기라고 하는 것은 그의 말이 아니라
타락한 사제들의 말이다.

5. 신은 평등을 원하는가

✱ 오래된 거짓말

신의 목표는 [인간의 평등]이다.
그는 모두를 똑같이 사랑한다.

그러나 아무리 오랫동안 살펴봐도 그 증거를 찾을 수 없다.
평등한 사랑은 거짓이다.

오늘 갑자기 신이 원망스러운 사람에게

✳ 어느 오후 스쳐지나는 바람이 들려주는 이야기

신은 한 번도 그렇게 생각한 적이 없다.
신이 평등을 부여한 것은 탄생과 죽음에서뿐이다.
평등은 약자들의 희망일 뿐이다.
지구상 다양한 종(種)의 행태를 보면, 이미 불평등을 그 기원으로 한다.
신이 인간 사이에만 평등을 유지시킨다는 허황된 상상은 그만두는 것이 좋다.

신의 목표는 인간의 평등이 아니라,
피조물의 강자, 약자 비율을 유지시키는 것이다.

이 비율은 우리에게 유용해서, 강자가 되려는 욕망을 미끼로 우리를 발전시킨다.
우리가 평등을 얻기 위해 신을 너무 믿어서는 안 되는 이유이다.
평등은 우리 인간의 일이지, 신의 일이 아니다.
이 면에서는 오히려 인간이 신을 초월한다.

신은 우주 전체의 평등에만 관심이 있다.
인간의 평등은 그의 관심사가 아니다.

오늘 갑자기 신이 원망스러운 사람에게

신에게서 평등을 찾지 말라.

평등하지 못하다고 신을 원망하지 말라.

평등은 인간의 일이다.

만일 신이 평등했다면

인간은 지금도 맹수의 먹이로 밤낮으로 도망 다니고 있을 것이다.

신은 평등을 향한 인간의 의지를 지켜보고 있을 뿐이다.

오늘 갑자기 신이 원망스러운 사람에게

평등은 인간의 일이지, 신의 일이 아니다.

6. 신은 항상 우리를 돌보고 있는가

✽ 오래된 거짓말

신은 우리 생멸(生滅) 그리고 의지와 무관하게 존재한다.
그는 항상, 어디서나 우리 모두를 지켜본다.

그러나 오랫동안 생각해도
신은 우리 생, 어느 순간 갑자기 등장하고 사라진다.
신의 시간 속 항상성과 동일성은 거짓말이다.

오늘 갑자기 신이 원망스러운 사람에게

✳ 어느 오후 스쳐지나는 바람이 들려주는 이야기

신은 고난과 함께 탄생한다.
신은 개인적이다. 신은 먼저 우리를 방문하지 않는다.
우리가 진정으로 원할 때만 그 모습을 드러낸다.

신은 천의 얼굴을 가지고
모두에게 다른 시기, 다른 모습으로
우리 모두에 의해, 개별적으로 탄생한다.

타자와 자신의 신이 동일하기를 원한다면, 아직 신을 잘 알지 못하는 것이다.
만일 모두에게 동일한 모습을 가진 신이라면 그는 신이 아니라 그림일 것이다.
신은 우리 모두를 동시에 구원하지 않는다.
우리 시기심은 그것을 원치도 않는다.
신은 원하는 자에게만 그것이 간절할 때, 조용히 찾아온다.

탐욕스러운 인간 모두를 돌보려면 사람 수만큼의 신이 필요할 것이다.
어쩌면 실제 그럴지도 모른다.

오늘 갑자기 신이 원망스러운 사람에게

신은
내가 진정으로 원할 때만 그 모습을 드러낸다.
내가 그를 볼 수 없다면
내가 사실은 원하지 않기 때문이다.
내가 원하지 않는 이유는
만일 신을 본다면
내 인간적 세상 것을 포기해야 하기 때문이다.
그런데 세상 것도 얻고 신도 얻을 수는 없는 일이지 않은가.

오늘 갑자기 신이 원망스러운 사람에게

신은 천의 얼굴을 가지고 모두에게 다른 시기, 다른 모습으로 다가온다.

7. 신이 원하는 것은 무엇인가

✱ 오래된 거짓말

신은 우리에게 많은 것을 요구한다.
인간을 사랑하기에 하루하루 모든 일에 관여한다.

그러나 열 가지 계율은 물론이고
신의 뜻대로 되는 것은 별로 없어 보인다.
안타까운 거짓이다.

오늘 갑자기 신이 원망스러운 사람에게

✳ 어느 오후 스쳐지나는 바람이 들려주는 이야기

신은 아무것도 원하지 않는다.
우리는 아무것도 원하지 않는 자만 믿을 수 있다. 신도 예외는 아니다.
오히려 우리가 신에게 너무 많은 것을 원한다.
이것은 신을 죽음으로, [그에 대한 부정]으로 몰아갈 것이다.
그래도 신이 원하는 것을 억지로 유추해 낸다면
첫 번째는 자유이고, 두 번째는 평등이다. 물론, 둘은 모순이다.

개별적 자유는 평등을 억압하고, 평등은 자유를 제한한다.
이에 대해 신은 이미 답을 주었고, 모르는 척하지만 모두 알고 있다.

하지만 그것을 실행하기에 우린 너무도 이기적으로 훈육되어 버렸다.
다시 이야기하지만, 신은 아무것도 원하지 않는다.
부자가 되는 것도, 권력자가 되는 것도, 착하게 되는 것도 원하지 않는다.

신이 우리에게 원하는 것은 소박하게 인간답게 살다가 죽는 것이다.
그것뿐이다. 너무 애쓸 것 없다.

오늘 갑자기 신이 원망스러운 사람에게

신이 원하는 것은
사람이 풍요롭고 윤택하게 왕처럼 살아가는 것이 아니라
청빈하고 소박하게 보통 사람처럼 살아가는 것이다.
신이 원하는 것은
자유, 평등도 아니고 정의도 아니다.
그저 서로 어려움을 나누면서 풍족하진 않지만
편안히 살아가기를 바랄 뿐이다.
끼니도 때우기 어렵지 않은 한, 신을 원망할 일은 아니다.

오늘 갑자기 신이 원망스러운 사람에게

우리는 아무것도 원하지 않는 자만 믿을 수 있다. 신도 예외는 아니다.

8. 신은 이미 죽었는가

✱ 오래된 거짓말

신은 불멸이어야 한다. 신이 우리를 유지하기 때문이다.
신 없는 세상에서 우리는 사악하고 또 나약해질 것이다.

그러나 우리 마음속 신은 이미 여러 번 죽임을 당했다.
그렇지 않으면 있을 수 없는 일이 너무도 많다.
신은 언제든 죽고 또 언제든 태어난다.
신의 불멸은 오래된 거짓일 뿐이다.

오늘 갑자기 신이 원망스러운 사람에게

✱ 어느 오후 스쳐지나는 바람이 들려주는 이야기

신은 이미 여러 번 죽었다.
아니, 신은 죽을 수밖에 없었다.

우리는 이제 다시, 신을 부활시킨다.
그가 격려하고 징벌하는 세상을 기다린다.

착한 자와 악한 자를 구분하지 못하는 왜곡된 세상을 파괴하고
보통 신의 세상을 다시 기대한다.
다수의 인도적(引導的) 철학자가 필요하다.
우리는 신이 지배하는 세상의 재건을 기대한다.
 물론, 이렇게 희망대로 다시 시작하더라도
신의 부활은 비관적이지는 않지만, 그렇다고 낙관적이지도 않다.
우리 인간이 그것을 끝까지 원하지 않을 수 있기 때문이다.

우리는 앞에서 신을 찾고 뒤에서 신을 배신한다.
오래전부터 매우 익숙한 장면이다.
사람은 신을 원망할 자격이 없다.

오늘 갑자기 신이 원망스러운 사람에게

8. 신은 이미 죽었는가

신은 이미 죽었다.
아니, 사람들에 의해 살해당했다.
하지만 그를 부활시키는 것도 사람일 것이다.
신을 죽여 놓고 신을 원망한다면
신은 분노로 사람들을 내버려 두지 않을 것이다.

오늘 갑자기 신이 원망스러운 사람에게

우리는 앞에서 신을 찾고 뒤에서 신을 배신한다.

9. 신은 정말로 공평한가

✱ 오래된 거짓말

신은 모두에게 공평하다.
마지막까지 그것만은 지켜줄 것이다.

그러나 누구나 알 수 있듯이 축복과 저주의 불공평은 의미 없이 공존한다.
신의 공평은 희망에 불과한 거짓이다.
신이 그것을 원하지 않기 때문이다.

오늘 갑자기 신이 원망스러운 사람에게

✱ 어느 오후 스쳐지나는 바람이 들려주는 이야기

신이 공평한 곳은 의외로 다른 곳이다.
태어남, 늙음, 병듦, 죽음, 하늘, 땅, 산, 물,
눈, 코, 귀, 입, 손, 발, 공기, 별, 달, 우주,
물리 법칙, 때때로의 웃음, 즐거움 그리고 슬픔.
적지 않다. 이런 것들은 어느 정도 공평하다.
이 정도면 신이 불공평하다 할 수 없다.
물론, 이해할 수 없는 불공평 또한 존재한다.

불공평한 축복과 저주는 인간 스스로 만든 것이 대부분이다.
신의 의도로 만든 것도 아니기 때문에, 그는 별로 책임도 없다.

완전하지는 않지만, 다른 여러 곳에서, 그럭저럭 신은 공평하다.
혹시 그렇지 않다고 느낀다면, 신보다는 우선, 다른 곳을 돌아볼 일이다.

신이 공평하기를 바란다면 신을 앞세운 싸움부터 중단할 일이다.
신은 때때로 공평해서는 안 된다.
신이 화를 풀려면 오랜 시간이 걸릴 것이다.

오늘 갑자기 신이 원망스러운 사람에게

신이 불공평하다고 원망하는 사람은
신이 얼마나 많은 것들을
공평하게 나누었는지 모르는 어리석은 자이다.
게다가 그 불공평도 대부분 사람의 탓이니
괜한 원망 말라.

오늘 갑자기 신이 원망스러운 사람에게

태어남, 죽음, 하늘, 땅, 산, 물, 늙음, 눈, 코, 귀, 입, 손, 발, 공기, 별, 달, 우주…
이정도면 신이 그렇게 불공평하다고 할 수 없다.

10. 신은 우리를 사랑하는가

✱ 오래된 거짓말

우리가 그를 사랑하지 않아도, 신은 우리를 사랑한다.
그 사랑으로 언제든 우리를 지켜보고, 보호해 줄 것이다.

그러나 시간이 흐를수록 신은 가끔 우리를 배신하기도 하고
그의 눈에 우리가 보이지 않는 것도 같다.
신의 사랑을 믿는 것은 조금 어리숙한 착각이었다.

오늘 갑자기 신이 원망스러운 사람에게

✻ 어느 오후 스쳐지나는 바람이 들려주는 이야기

신이 우리를 발견하는 것은
우주가 생각보다 넓어서,
신이 알아들을 수 있도록 무언가 하지 않으면 거의 불가능하다.
그는 아무것도 알 수 없다.

신에게 성의를 보여, 그가 알아볼 수 있도록 하지 못한다면
원하는 운명을 이루도록 우리 스스로를 바꾸는 수밖에 없다.

이는 생각만으로는 불가능하고, 삶 속 행위의 직접적 변화가 있어야 한다.
물론, 신은 나중에 그것마저 자신이 돌봐준 일이라고 생색낼지도 모른다.
아무튼, 가망 없는 희망 속 상상과 기도에 너무 시간을 들이지 않는 것이 좋다.
신은 항상 우리를 지켜보고 있지 않다.

지금도 그런지는 모르겠으나, 우리를 만들었을 때
신은 우리를 사랑했었음은 틀림없다.

오늘 갑자기 신이 원망스러운 사람에게

신이 지금도 우리를 사랑한다고 믿고
그 사랑이 확인되지 않으면 투정 부리는 것은
세 살 아이 때까지로 충분하다.
사람의 사랑도 삼 년이 가지 않는데
그렇게 바쁘고 위대한 신이 그럴 리 없지 않은가.
신을 원망 말라.
이제 우리는 신에 기댈 때가 아니라 신을 보살필 때이다.

오늘 갑자기 신이 원망스러운 사람에게

지금도 그런지는 모르겠으나, 우리를 만들었을 때 신은 우리를 사랑했었음은 틀림없다.

11. 신이 있는데 왜 모두 선하게 되지 않는가

✳ 오래된 거짓말

신은 악한 자를 벌하고, 선한 자를 격려한다.
악은 두려움에 억제되고, 선은 그렇게 유지된다.

그러나 신이 조금 게을렀는지
천 년이 지나도 선악의 비는 거의 변하지 않는다.
오래된 거짓말이다.

오늘 갑자기 신이 원망스러운 사람에게

✽ 어느 오후 스쳐지나는 바람이 들려주는 이야기

신과 악한 자는 오랜 친구이다.
신은 너무나도 관대하다.
선한 자의 고통은 눈에 안 들어오고, 악한 자의 참회는 대범함으로 용서한다.
선한 자들은 의지할 곳이 없어졌고, 악한 자들은 두려울 것이 없어졌다.
우리의 비참함은 신의 나태함에 기인할지도 모른다.
그러나 한 번 더 생각해 보면, 이유는 다른 곳에 있다.

선악의 비율은 신이 아닌, 선한 자들의 비겁함에 기인한다.
용기가 없으면, 아무리 선해도 우리 삶에 별 도움이 안 된다.

선한 자들이 잊지 말고 기억해야 할 일이다.
악한 자를 벌 주어야 하는 것은, 우리 인간이지 신이 아니다.

선과 악의 구분은 인간의 선택이다.
신은 인간도 다른 피조물처럼 선악을 모르게 하려고 했다.
선악은 우리 인간의 일이다.

오늘 갑자기 신이 원망스러운 사람에게

악이 아직도 세상을 지배하는 것은
신의 탓이 아니라 선한 자의 비겁 때문이다.
선한 자들은 의지할 곳이 없어졌고
악한 자들은 두려울 것이 없어졌다.
자신의 비겁을 숨기고
공연히 신을 원망 말라.

오늘 갑자기 신이 원망스러운 사람에게

악한 세상은 신의 탓이 아닌 선한 자의 비겁에 기인한다.

12. 신은 악한 자를 정말 용서하는가

✱ 오래된 거짓말

신은 우리 죄를 용서한다. 용서할 수밖에 없다. 그의 창조물이기 때문이다.
아무리 악한 죄를 지어도, 용서의 눈물을 흘리면, 그는 자비로울 것이다.

그러나 조금 더 자세히 보니,
악한 자일수록 신의 용서를 구하지 않는다.
물론, 우리도 악한 자에 대한 신의 용서를 원하지 않는다.
신은 용서와 별 관계없다.
분명한 거짓이다.

오늘 갑자기 신이 원망스러운 사람에게

✽ 어느 오후 스쳐지나는 바람이 들려주는 이야기

우리 삶을 돌아보면, 용서는 신이 할 수 있는 것이 아니라
우리 스스로, 그것에 대한 죗값을 치러야 하는 것이다.

용서의 주체는 신이 아니라, 인간이다.
만일, 악한 자가 신의 용서를 구해, 마음 편해진다면
신은 악마와 다를 바 없는 존재이다.

신의 용서는 악한 자들이 만든 거짓말일지도 모른다.
인간 세계에서 지은 악은
그곳에서 해결하도록 하려는 신의 생각은 확고하다.
신을 믿고 악을 저지르는 자는 두려워해야 할 것이다.
반드시 죽기 전, 고통을 겪을 것이다.
용서는 신과 관계없다.

신이 용서해도, 우리는 악한 자를 쉽게 용서하지 않을 것이다.
그렇게 하는 것이 우리에게도, 신에게도 좋다.

오늘 갑자기 신이 원망스러운 사람에게

악한 자를 내버려 둔다고
신을 원망하는가.
악한 자를 신이 용서한다고
신을 원망하는가.
신은 절대 용서할 생각 없다.
그대로 심판할 것이다.
지상에서 악한 자를 벌하는 것은
인간의 일이지 신의 일이 아니다.
신을 원망 말라.

오늘 갑자기 신이 원망스러운 사람에게

용서는 신이 아닌 인간의 일이다.

13. 신은 약자 편인가, 강자 편인가

세상 사람은 모두 강자 편이다.
그래도 신은 약자 편일 것이다.

우리는 오랫동안
약자가 그래도 그럭저럭 살아갈 수 있는 것은 신의 덕이라고 생각했다.
하지만, 만일 그렇다면 인간은 벌써 동물들에게 멸종되었을 것이다.
어리석은 착각이었다.

오늘 갑자기 신이 원망스러운 사람에게

13. 신은 약자 편인가, 강자 편인가

✽ 어느 오후 스쳐지나는 바람이 들려주는 이야기

인간다운 것은 동물과 다른 어떤 것이다.
우리 인간은 배가 고플 때도 다른 사람을 고려한다. 화가 날 때도 참는다.
가난해도 즐거울 수 있다. 깊이 생각하고 후회하지 않는다.
이는 강자의 특징이다. 신은 약자를 보호하지 않는다.

신의 의도는 약자를 보호하는 것이 아니라
우리 인간을 더욱 인간답게 하는 것에 있다.

자신을 약자라고 생각하고 낙담한다면, 신도 외면할 것이다.
신은 항상 의지가 분열되지 않은 강자의 편에 선다.
그러므로 자신을 약자로 생각해서
아무것도 하지 않는 자포자기적 나태한 인간은
결코 신의 도움을 받지 못할 것이다.

신은 강자나 약자를 돕는 것이 아니라, 강해지려고 의지하는 자를 돕는다.
물론 슬픔에 잠긴 약자도 해당된다.

오늘 갑자기 신이 원망스러운 사람에게

신은 모두가 강해지기를 바란다.
태초의 오랜 시간 속에서 약자를 도태 시켜 왔다.
신은 강해지려 하는 자의 편이다.
자신이 강해지려 하지 않는 약자라면
신은 당신 편이 아니다.

오늘 갑자기 신이 원망스러운 사람에게

신은 강해지려 의지하는 자를 돕는다.

14. 신은 우리를 위로해 주는가

✳ 오래된 거짓말

슬픔에 잠긴 약자를 신은 위로한다.
우리는 슬픔을 대비해 신을 준비해야 한다.

그러나 깊은 슬픔에 빠진 자에게, 신은 원망의 대상일 뿐이다.
거짓이다.

오늘 갑자기 신이 원망스러운 사람에게

14. 신은 우리를 위로해 주는가

✱ 어느 오후 스쳐지나는 바람이 들려주는 이야기

신은 위로를 주지 않는다. 아니, 줄 수가 없다.
우리가 그것을 받을 준비가 안 되어 있기 때문이다.
절망적 슬픔으로, 아무것도 보이지 않는 자는, 신도 보이지 않는다.
어느 정도 슬픔이 진정되어야, 비로소 신이 눈에 들어온다.
그러므로 신의 위로는 항상 조금 늦는다.

깊은 슬픔에 잠긴 우리가 믿을 것은 우리 자신밖에 없다.
자신의 존재를 찾고, 그를 강하게 단련해야 하는 이유이다.
그는 신보다 먼저, 자신을 추스르고 회복하는 것을 도와준다.

사실, 신은 우리 슬픔에 별로 관심도 없다.
우리 자신도, 잘 알지 못하는 이웃의 슬픔에 그러하면서
신만 우리에게 관심을 가질 것이라는 이기적 희망은 빨리 버리는 것이 좋다.

신도 되돌릴 수 없는 것이 있다. 이 경우는 신의 위로도 별 소용없다.
그는 우리 눈물 정도를 닦아 줄 뿐이다.

오늘 갑자기 신이 원망스러운 사람에게

신에게서 위로를 받지 못해 신이 원망스러운가.
신에게서 위로를 받으려면
오랫동안 신과 친하게 지낸 자이어야 하지 않겠는가.
어느 날 갑자기 신을 찾아 그의 위로를 받으려 하는 것은
별로 친하지도 않은 친구에게
거창한 생일 선물을 기대하는 것과 무엇이 다르겠는가.
신은 우리가 만들어 가는 존재이니.

오늘 갑자기 신이 원망스러운 사람에게

우리가 이웃의 슬픔에 관심 없는데, 신도 그럴 리 없지 않은가.

15. 신이 우리를 창조했는가, 우리가 신을 창조 했는가

✽ 오래된 거짓말

신은 태초에 우리를 창조했음이 틀림없다.
그렇지 않으면 설명되지 않는 것들이 너무 많다.

그러나 그럴 경우, 오히려 설명되지 않는 것 또한 적지 않다.
무언가 오류이다.

오늘 갑자기 신이 원망스러운 사람에게

✴ 어느 오후 스쳐지나는 바람이 들려주는 이야기

신은 우리를 창조했고, 우리 또한 신을 마음대로 창조했다.
자비로운 신을 창조했고 분노하는 신도 창조했다.
인간적인 신, 고뇌하는 신도 창조했다.
우리의 희망에 따라 신은 계속 변형 당했고
그는 자신이 창조한 피조물에 의해 서서히 파괴되어 갔다.
그는 이미 반신반인(半神半人)이다.

그를 신으로 돌려놓아야 하고
우리는 인간으로 돌아와야 한다.

하지만 분명히 그는 이미 이것조차 알고 있을 것이다.
그리고 우리도 결국 스스로 만든 거짓 신을 알게 될 것이다.
우리는 그의 일부분이기 때문이다.

신도 인간도 반신반인이다. 신의 검으로도 나누어지지 않는다.
우리 모두가 혼돈 속에서 신과 인간을 연극한다.

오늘 갑자기 신이 원망스러운 사람에게

사람은 신을 멋대로 다시 만들고
자신이 만든 조잡한 신이 마음에 들지 않는다고 원망한다.
자비로운 신, 분노하는 신, 인간적인 신, 고뇌하는 신.
신인지 사람인지 구분이 되지 않는다.
신의 자리를 탐하는 교만과 탐욕에서 벗어나지 않는다면
사람은 더 이상 신을 만나지 못할 것이다.
아무 힘 없는 신을 원망해 무엇할 것인가.

오늘 갑자기 신이 원망스러운 사람에게

우리 모두가 혼돈 속에서 신과 인간을 연극한다.

16. 우리는 신에 대해 얼마나 알고 있는가

✸ 오래된 거짓말

우리는 신에 대해 대부분 알고 있을 것이다.
어쩌면 신 자신보다, 우리 신학자와 사제들이 그를 더 많이 알 것 같다.

그러나 삶이 지속할수록, 그를 이해할 수 없는 일은 계속 일어났다.
사람이 신을 알고 있다는 것은 착각이었다.

오늘 갑자기 신이 원망스러운 사람에게

✽ 어느 오후 스쳐지나는 바람이 들려주는 이야기

신은 비밀투성이이다.
우리가 알고 있는 것은 대부분 거짓이다.

우리는 그를 알 수 없다. 그저 상상할 뿐이다.
신은 불사인지, 전지전능한지, 사랑을 원하는지,
평화를 원하는지, 우리는 아무것도 알지 못한다.

우리에게 신의 최대 비밀은 역시, 우리 인간을 사랑하는지 여부이다.
아무래도 신은 인간을 사랑하지만, 인간만을 사랑하는 것은 아닌 것 같다.
그것이 결국 우리를 사랑하는 다른 방법인지는 모르겠지만.
빈번한 대재앙과 불행은 이를 설명한다.
그래도 확실한 것은, 유일 최고 절대신은
나만을 그리고 인간만을 위한 신은 아니라는 것이다.

우주 전체 절대신이라면, 우리 인간사에 별 관심 없을 것이다.
그래도 '블랙홀에 지구가 빠지지 않도록'은 할 것이다.

오늘 갑자기 신이 원망스러운 사람에게

원망은 자신의 불운을 남에게 탓하는 것.
우연적 불운에 목숨을 걸고 싸우다
안 되면 받아들일 수밖에.
신이 나를 위해, 내 불행을 막기 위해 존재한다면
그건 이미 신이 아닐 터이니.
만일 우리가 신을 안다면 신을 원망하지는 않을 것이다.
자, 신을 위해 지금을 준비하자.

오늘 갑자기 신이 원망스러운 사람에게

신은 인간을 사랑하지만, 인간만을, 나만을 사랑하는 것은 아니다.

17. 신은 완전한 인간을 원하는가

✱ 오래된 거짓말

우리 모두를 구원하려면, 신은 완전해야 한다.
완전성이 무너지면, 예외가 생기기 때문이다.
마찬가지로 신 또한 인간이 완전해지기를 원할 것이다.

그러나 우리는 자신만을 위한 신의 불완전한 예외를
희망하고 또 원망한다.
완전성은 쓸모없는 생각이었고, 거짓이었다.

오늘 갑자기 신이 원망스러운 사람에게

✻ 어느 오후 스쳐지나는 바람이 들려주는 이야기

예외가 모여 삶을 구성한다.
신도 완전하지 않다.
만일 신이 완전했다면 처음부터 지금의 인간을 창조하지 않았을 것이다.
그에게 도전하며 혼란과 불행을 자초하는 불완전한 창조물이기 때문이다.

우리 또한 완전해지려고 그렇게 노력할 필요 없다.
완전해지려고 할수록 신에게서 멀어질 뿐이다.

완전하기 위해 끝없이 자신을 소모하여, 신을 생각할 시간이 없기 때문이다.
완전한 것은 따뜻한 봄날, 잠시 생각만으로도 충분하다.
신은 오히려 조금은 불완전하고 여유로운 인간을 좋아한다.
불완전함에 대하여 불안감을 느끼는 것은 악마의 저주이다.

혼돈, 무질서, 우연이 모여 세상을 이룬다.
완전성이란 불완전성의 집합체이다.
우리 인간은 불완전한 한 객체이다.

오늘 갑자기 신이 원망스러운 사람에게

사람은 원래 불완전하다.
때로는 즐겁고 때로는 슬프고
때로는 설레고 때로는 따분하고
때로는 행복하고 때로는 불행하고
때로는 사랑하고 때로는 미워하고.
우리의 원망이 삶의 불완전성에 있다면
그 원망은 매우 비인간적이다.

오늘 갑자기 신이 원망스러운 사람에게

신은 조금은 불완전하고 여유로운 인간을 좋아한다.

18. 신은 선하고 아름다울 수 있는가

✽ 오래된 거짓말

신은 때때로 선하고 아름답다. 그러나 항상 그런 것은 아니다.
그가 창조한 인간이 그것들과 거리가 있기 때문이다.

그러나 그가 만든 세상과 삶 속에는 무수한 아름다움이 존재한다.
신을 선하고 아름답지 않다고 하는 것은 심각한 오류이다.

오늘 갑자기 신이 원망스러운 사람에게

✿ 어느 오후 스쳐지나는 바람이 들려주는 이야기

우리 대부분 인간은 아름다움을 가장할 수는 있겠지만
실제 아름다울 수 있기는 어렵다.
인간적 아름다움은 대부분 그렇게 오래 유지되지도 않는다.
이렇게 오랫동안, 우리에게 인간과 신은 아름다울 수 없었다.
그러나 어느 가을, 작고 붉은 화살나무 잎 속에
세상 모든 아름다움이 붉게 녹아 있음이 보였다.

신은 때로는 분노하고, 때로는 아름답지 않을지도 모르지만
세상을 선하고 아름답게 만들려 한다는 것은 분명하다.

가을 붉은 잎도 그러한데, 우리 인간도 아름다울 수 있음이 틀림없다.
그리고 인간은 신을 충분히 아름답게 만들 수 있다.
물론, 세상 모두를 아름답게 할 수도 있을 것이다.

신이 아름다운 것은 전적으로 인간 덕분이다.
신도 자신의 모습을 보고 놀랄 것이다. 우리 상상력은 신을 능가한다.

오늘 갑자기 신이 원망스러운 사람에게

누군가를 선하고 아름답게 만드는 것은
그의 주변 사람이다.
그리고 그 주변 사람을 만드는 것은 나 자신이다.
자신이 선하고 아름답지 못하다는 것을 원망하는 사람은
그 이유가 자신을 그렇게 만들어 주는 사람이 없기 때문임을 알아야 한다.
그리고 그 사람들은 모두 내가 만든다.

오늘 갑자기 신이 원망스러운 사람에게

신이 멋진 것은 인간 덕분이다.

19. 신이 우리와 다른 점은 무엇인가

✱ 오래된 거짓말

어쩌면 신에 가까이 접근할 수도 있을 것이다.
인간 총합이 이룬 이성적 능력은 그럴 수도 있다.
우리는 신과 크게 다르지 않다.

그러나 평정심과 관련한 감성적 특성은 완전히 다른 이야기다.
인간은 감성적 동물이다.
인간이 신과 비슷하다 오해하지 말 일이다.

오늘 갑자기 신이 원망스러운 사람에게

✱ 어느 오후 스쳐지나는 바람이 들려주는 이야기

우리가 신에 접근할 수 없는 이유 중 하나는 평정심의 부재이다.
아무리 뛰어난 인간도 자신의 소중한 영역이 침범되면
한순간에 평정을 잃고 무너진다.
신이 평정을 유지하는 것은 자신의 영역이 침범되지 않기 때문이다.

우리가 신과 같은 깊은 평정을 유지하기 위해서는
다른 사람이 쉽게 침범할 수 없는 영역을 소유해야 한다.

어찌하다 보면, 우리도 신처럼 평정심을 가질 수 있을지 모른다.
하지만 감성이 주는 선물을 받지 못해, [즐거움]은 거의 없을 것이다.
물론, 둘 다 갖는 것은 불가능하다.

신의 평정은 태생적이고 우리의 평정은 노력으로 이루는 것이다.
만일 그것이 가능하다면 우리는 신보다 뛰어나다.

오늘 갑자기 신이 원망스러운 사람에게

평정심을 유지할 수 있다면
사람은 신과 다를 바 없을 것이다.
평정심을 유지할 수 있다면
사람은 두려움과 분노를 극복할 것이다.
평정심을 유지할 수 있다면
사람은 신을 원망하지 않을 것이다.

오늘 갑자기 신이 원망스러운 사람에게

우리가 만일 평정심이 가능하다면 그것은 신보다 뛰어난 일이다.

20. 신은 우리에게 무엇을 원하는가

✱ 오래된 거짓말

신은 틀림없이 그를 중심으로 하나의 세상을 원한다.
오랫동안의 사제들 생각이다.

우리 또한 하나의 신 아래, 통일된 세상을 원하는 줄 알았다.
이는 신의 생각을 오해한 결과이다.
거짓이다.

오늘 갑자기 신이 원망스러운 사람에게

✳ 어느 오후 스쳐지나는 바람이 들려주는 이야기

신이 하나의 세상을 원한다는 것은
편협한 인간과 사제들의 헛된 욕심이다.
신은 우리가 원하는 백억 개의 모습으로 나타난다.
신은 무한하다.

신이 원하는 것은 피조물 일반의 개별 평등이다.
하지만 우리는 이를 수용하지 않는다.
자기 욕심과 자유를 희생해야 하기 때문이다.

신의 생각은 따를 수 없고 그렇다고, 신은 버릴 수 없다. 모순이다.
우리가 모두의 평등을 위해 양보하고 바뀌지 않는다면
결국 신은 아무런 힘을 쓰지 못하고
검고 두꺼운 슬픔에 잠긴 약자를 위한 노트만을 남기게 될 것이다.

신은 피조물 모두를 위한 백억 개의 개별 세상과 백억 개 신의 탄생을 원하고
그것은 인간만 이룰 수 있는 일이다.
우리를 구원하는 것은, 신이 아니라 우리 인간이다.

오늘 갑자기 신이 원망스러운 사람에게

신은 우리가 신이 되기를 원한다.
뭐 그리 어려울 것도 없다.
그가 행한 것을 따라 하기만 하면 되니.
자기가 신인데
신을 원망해 봐야 무슨 소용인가.

오늘 갑자기 신이 원망스러운 사람에게

우리를 구원하는 것은 신이 아니라 우리 인간이다.

오늘 갑자기 신이 원망스러운 사람에게
어느 오후 스쳐지나는 바람이 들려주는 이야기

✻ 오늘 갑자기 신이 원망스러운 사람에게

어느 오후 스쳐지나는 바람이 들려주는 이야기

1

오늘, 사랑에 빠져 가슴 설레는 사람에게
어느 오후 스쳐지나는 바람이 들려주는 이야기

1. 사랑의 진정한 가치는 무엇인가 2. 사랑은 열정적이어야 하는가
3. 사랑의 묘약은 어디에 있는가 4. 사랑은 진리를 달성하게 하는가
5. 비밀은 사랑을 깨뜨리는가 6. 사랑은 공유하는 것인가
7. 사랑은 오랫동안 지속될 수 있는가 8. 사랑의 기술은 무엇인가
9. 사랑은 조건이 필요 없는가 10. 사랑은 아름다워야 하는가
11. 사랑은 주는 것인가 12. 사랑은 어떤 향기가 나는가
13. 사랑은 시간과 함께 쇠퇴하는가 14. 사랑을 위한 주의사항은 무엇인가
15. 사랑은 그렇게 즐거운 것인가 16. 사랑의 제 1 규칙은 무엇인가
17. 사랑은 징표를 남기는가 18. 사랑은 편안한 것인가
19. 사랑은 희생을 전제로 하는가 20. 사랑은 감성인가 이성인가

2

오늘, 자신이 자유롭지 못하다고 생각하는 사람에게
어느 오후 스쳐지나는 바람이 들려주는 이야기

1. 우리는 진정으로 자유로울 수 있는가 2. 자유는 투쟁하여 얻을 수 있는 것인가
3. 자유를 위해 필요한 것은 무엇인가 4. 우리는 정말 자유에 도달할 수 있는가
5. 자유로워 지려고 하는 이유는 무엇인가 6. 자유란 무엇인가
7. 자유를 위한 희생양은 누구인가 8. 우리는 자유롭고 또 편안할 수 있는가
9. 자유는 어디까지 해줄 수 있는가 10. 우리는 언제 자유로운가
11. 자유로울 수 있는 조건은 무엇인가 12. 자유로운 시기는 언제인가
13. 우리는 자유에 대하여 무엇을 배우는가 14. 우리는 항상 자유로울 수 있는가
15. 이제, 자유의 억압 시대는 지나갔는가 16. 자유는 무엇을 주는가
17. 자유에 도달하는 비밀의 문은 있는가 18. 우리는 자유를 누릴만한가
19. 자유, 우리가 부끄러워해야 할 것은 무엇인가 20. 우리, 정말 자유를 원하는가

3

오늘, 세상의 부정의와 부도덕에 눈물짓는 사람에게
어느 오후 스쳐지나는 바람이 들려주는 이야기

1. 정의는 누구를 위해 존재하는가 2. 정의는 무엇을 할 수 있는가
3. 우리는 정말로 정의롭게 될 수 있는가 4. 정의란 무엇인가
5. 정의는 항상 우리 편인가 6. 정의는 악인가 선인가
7. 정의와 법 중 어느 것이 우선인가 8. 정의는 아직 살아 있는가
9. 정의는 변명될 수 있는가 10. 누가 게으른 정의를 깨우겠는가
11. 도덕이 우리에게 도움이 되는가 12. 우리는 도덕적인가, 어리석은가
13. 우리는 도덕을 지켜야 하는가 14. 우리는 도덕적으로 성숙한가
15. 힘 있는 자들은 왜 도덕적이지 않은가 16. 도덕은 어떻게 탄생되는가
17. 우리는 누구에게 도덕을 배우는가 18. 우리에게 도덕을 가르칠 수 있는 자가 있는가
19. 우리 교육은 도덕을 제대로 가르치고 있는가 20. 도덕 교육은 언제가 좋은가

4

오늘, 자신의 무력함에 좌절하는 사람에게
어느 오후 스쳐지나는 바람이 들려주는 이야기

1. 국가는 나를 보호하는가 2. 우리는 국가를 믿을 수 있는가
3. 우리는 국가를 위해 희생해야 하는가 4. 국가는 이대로 참을 만한가
5. 국가는 배반하지 않는가 6. 국가는 우리의 평등을 지켜줄 것인가
7. 국가를 이용할 것인가, 변화시킬 것인가 8. 권력은 왜 초라한가
9. 권력은 우리에게 무엇을 주는가 - 1 10. 권력은 우리에게 무엇을 주는가 - 2
11. 권력자는 뛰어난 자인가, 사기꾼인가 12. 우리는 조금 다른 권력자가 될 수 있는가
13. 우리는 권력 상태에 도달할 수 있는가 14. 부는 어디까지 윤리적인가
15. 부의 소유권은 누가 가지는가 16. 부와 빈곤의 적절한 차이는 어느 정도인가
17. 부는 선인가 악인가 18. 우리가 추구하는 것은 명예를 위한 명예는 아닌가
19. 명예에는 어떤 업적이 필요한가 20. 명예를 위해 사는가, 명예롭게 사는가

5

오늘 갑자기 신이 원망스러운 사람에게
어느 오후 스쳐지나는 바람이 들려주는 이야기

6

오늘 갑자기 나란 존재가 무엇인지 혼란스러운 사람에게
어느 오후 스쳐지나는 바람이 들려주는 이야기

7

오늘, 무엇이 옳은 것인지 흔들리는 사람에게
어느 오후 스쳐지나는 바람이 들려주는 이야기

8

오늘, 세상의 불공정함으로 슬퍼하는 사람에게
어느 오후 스쳐지나는 바람이 들려주는 이야기

9

오늘, 죽음의 두려움이 밀려오는 사람에게
어느 오후 스쳐지나는 바람이 들려주는 이야기

10

오늘, 견디기 힘든 하루를 보낸 사람에게
어느 오후 스쳐지나는 바람이 들려주는 이야기

11

오늘 갑자기 내가 왜 사는지 의문이 드는 사람에게
어느 오후 스쳐지나는 바람이 들려주는 이야기

12

오늘, 새로운 나를 만들려 시도하는 사람에게
어느 오후 스쳐지나는 바람이 들려주는 이야기

13

오늘 하루 종일 편안함이 그리웠던 사람에게
어느 오후 스쳐지나는 바람이 들려주는 이야기

14

오늘, 세상에 대해 숨이 막힐듯한 답답함을 느끼는 사람에게
어느 오후 스쳐지나는 바람이 들려주는 이야기

15

오늘 아무것도 결정하지 못하고 밤을 맞은 사람에게
어느 오후 스쳐지나는 바람이 들려주는 이야기

16

오늘 하루 종일 다른 사람 따라 하다 지쳐버린 사람에게
어느 오후 스쳐지나는 바람이 들려주는 이야기

17

오늘, 이 생각 저 생각에 잠 못 드는 사람에게
어느 오후 스쳐지나는 바람이 들려주는 이야기

18

오늘, 약자의 우울에서 벗어나 편안해지고 싶은 사람에게
어느 오후 스쳐지나는 바람이 들려주는 이야기

19

오늘, 자기 감정을 차분히 조절하고 싶은 사람에게
어느 오후 스쳐지나는 바람이 들려주는 이야기

1. 감성에서 타자(他者)의 역할 2. 감성의 지속 시간 3. 경이로움 4. 감성의 격류
5. 감성 기준 6. 감성 준비 7. 감성을 위한 연습 8. 치장
9. 감성적 시야 10. 그리움 11. 호기심 12. 호의
13. 친구 14. 시인들의 무덤 15. 감성적 설득법 16. 변명
17. 시기심 18. 우아함 19. 휴식의 유용성 20. 정신적 사기꾼
21. 변화에 대한 오류 22. 거절당한 자들의 이기심 23. 미소 24. 감성적 오류
25. 숭고함 26. 착각 27. 걱정 28. 무관심
29. 젊음이 잘 할 수 없는 것들 30. 우정 31. 변심 32. 역설
33. 함께 휴식할 수 있는 자 34. 모방 35. 고립 36. 정다움

20

오늘, 어느 젊은 날의 여름 감성을 다시 찾고 싶은 사람에게
어느 오후 스쳐지나는 바람이 들려주는 이야기

1. 조용한 휴식 2. 바람의 느낌 3. 가슴 뜀 4. 아침 노을 후에 5. 초승달의 슬기로움 6. 만듦
7. 비 오는 여름 늦은 오후 시샘 8. 돌아봄 9. 시간의 피안(彼岸)에 서서 10. 오후의 수목(樹木)과의 동화(同化)
11. 서두르지 않음 12. 작은 마음 13. 부동의 부드러움 14. 서늘한 여름 저녁 노을 같이 15. 지침
16. 작은 돌 위의 빗방울 처럼 17. 어둠 18. 어느 여름 아침의 강인함 19. 회복 20. 변화 21. 기다림
22. 어지러움 23. 비굴 24. 고독 25. 평온 26. 이중성 27. 어떤 두근거림 28. 힘듦 그리고 즐거움
29. 드러남 30. 허무 31. 충만 32. 겹침 33. 가벼움 34. 나른함 35. 상심 36. 무지 그리고 두려움 37. 혼동
38. 따뜻함 39. 허위 40. 길을 잃은 듯한 느낌 41. 생성 42. 투명함 43. 동경(憧憬) 44. 망각 45. 서성임
46. 위로(慰勞) 47. 아득함 48. 안심(安心) 49. 시선 50. 진리 51. 그리움 52. 차가운 아름다움 53. 기억
54. 시간 느낌 55. 나를 느낌 56. 공평 57. 무색(無色) 58. 으스름함 59. 의문 60. 미덕(美德)
61. 중독 62. 비밀 63. 오인 64. 순수 65. 뜨거움 66. 경쾌함 67. 망설임 68. 한가로움 69. 무이(無異)
70. 정다운 가슴 뜀 71. 무력(無力) 72. 자유로움

21

오늘, 세상의 불공평함으로 삶에 자신이 없는 사람에게
어느 오후 스쳐지나는 바람이 들려주는 이야기

1. 평등을 위해서는 냉철한 분노가 필요하다
2. 서로 같아지면 득실도 없어진다
3. 나 혼자 자유로운 건 오히려 슬픈 일이다
4. 서로 같음에는 그럴만한 대상이 따로 있지 않다
5. 평등을 가장하면 행복도 가장한다
6. 우월함으로 허영적인 인간은 사실 가장 노예적이다
7. 누군가에 평등을 맡기느니 신에게 목숨을 맡기겠다
8. 평등을 가르칠 수 있는 자는 신만큼 가치 있는 자이다
9. 행동하지 않는 평등은 복종하는 것이다
10. 평등은 인간이 할 수 있는 가장 신적인 일이다
11. 신이 평등이 아니라 평등에의 의지만 준 것은 의도된 것이다

22

오늘, 생각대로 자유롭게 살 수 없음을 상심하는 사람에게
어느 오후 스쳐지나는 바람이 들려주는 이야기

1. 자유는 그것을 필연으로 만드는 자에게만 허락된다.
2. 자유는 가슴 뜀을 위해 불편함과 노동을 일부러 선택하는 것이다.
3. 자유는 아무것도 해주지 않지만 의지가 가미되면 마법이 시작된다.
4. 자유의 땅에 도착하기 어려운 것은 잘못된 표지판도 한몫한다.
5. 자유의 정도는 그 선택의 숫자에 비례한다.

23

오늘, 부조리와 부당함으로 세상을 원망하는 사람에게
어느 오후 스쳐지나는 바람이 들려주는 이야기

1. 정의를 위한 첫걸음은 정의로 가장한 자들을 찾아내는 것으로 시작한다.
2. 세상 모든 남을 정의롭게 하느니 세상 모든 나만 정의로워지면 된다.
3. 자기기만을 자꾸 하면 어느 날 깨어났을 때 벌레가 되어 있을 것이다.
4. 도덕은 깨어있는 정신의 공존적 행복에의 의지이다.

24

오늘, 무언가 이루지 못해 슬퍼하는 사람에게
어느 오후 스쳐지나는 바람이 들려주는 이야기

1. 국가를 위해 개인이 희생하는 나라 중 퇴락하지 않는 나라는 없다.
2. 국가의 최대 역할은 힘의 균형을 맞추는 것이다.
3. 권력은 자신이 무섭다고 생각하지만 사람들은 우습다고 생각한다.
4. 진정한 권력은 중력과 같이 아무것도 없어도 만물을 다스린다.
5. 부자는 돈이 많다는 것, 그것뿐이다.
6. 부의 작은 특권은 악마도 천사도 될 수 있다는 것이다.
7. 명예를 위해 살면 명예롭지 않다.

25

오늘 갑자기 세상이 무엇으로 이루어져 있는지 궁금한 사람에게
어느 오후 스쳐지나는 바람이 들려주는 이야기

1. 존재의 세계
1-1. 존재의 선형 세계   1-2. [반존재]의 선형 세계   1-3. 존재와 [반존재]의 선형 세계

2. 의지의 세계
2-1. 의지의 선형 세계   2-2. [반의지]의 선형 세계   2-3. 의지와 [반의지]의 선형 세계

3. 인식의 세계
3-1. 인식의 선형 세계   3-2. [반인식]의 선형 세계   3-3. 인식과 [반인식]의 선형 세계

26

오늘 갑자기 세상 일의 원리와 근원이 궁금한 사람에게
어느 오후 스쳐지나는 바람이 들려주는 이야기

1. 수평적 평면 세계
1-1. 존재와 의지의 평면 세계   1-2. 존재와 [반의지]의 평면 세계
1-3. [반존재]와 의지의 평면 세계   1-4. [반존재]와 [반의지]의 평면 세계

2. 수직적 평면 세계
2-1. 의지와 인식의 평면 세계   2-2. 의지와 [반인식]의 평면 세계
2-3. [반의지]와 인식의 평면 세계   2-4. [반의지]와 [반인식]의 평면 세계
2-5. 존재와 인식의 평면 세계   2-6. 존재와 [반인식]의 평면 세계
2-7. [반존재]와 인식의 평면 세계   2-8. [반존재]와 [반인식]의 평면 세계

27

오늘 갑자기 내가 모르는 숨겨진 다른 세상을 알고 싶은 사람에게
어느 오후 스쳐지나는 바람이 들려주는 이야기

1. 인식 세계
1-1. 존재-의지-인식 공간 세계
1-2. [반존재]-의지-인식 공간 세계
1-3. 존재-[반의지]-인식 공간 세계
1-4. [반존재]-[반의지]-인식 공간 세계

2. [반인식] 세계
2-1. 존재-의지-[반인식] 공간 세계
2-2. [반존재]-의지-[반인식] 공간 세계
2-3. 존재-[반의지]-[반인식] 공간 세계
2-4. [반존재]-[반의지]-[반인식] 공간 세계

여덟 개의 세상

28

오늘 갑자기 자신을 매력 있게 만들고 싶은 사람에게
어느 오후 스쳐지나는 바람이 들려주는 이야기

명예 / 순수함 / 매력 / 어둠 / 배움 / 진실 / 자기 만들기 / 고귀함 / 어제 / 굳건함
숭고함 / 목표 / 행동 / 창작 / 자존 / 무심 / 기만 / 과거 / 배우 / 설득
자기 세계 / 개별 진리 / 겸허 / 학자 / 교제 / 평온함 / 탁월함 / 다름 / 유연함
자기철학 / 방향(芳香) / 숙독 / 제3의 탄생 / 확고함 / 겸손 / 자기 형상화 / 독서 / 동화 / 용기
청빈 / 가난 / 견지(堅持) / 먼 꿈 / 명랑함 / 젊음 / 공평 / 자유 / 쟁취 / 가라앉힘
냉철함 / 강함 / 수용 / 호감 / 가르침 / 고독 / 타인 행복 / 죽음 / 평온함 사람을 목적함 / 무질서적 다양함

29

오늘 갑자기 무엇을 목표로 살아야 하는지 알고 싶은 사람에게
어느 오후 스쳐지나는 바람이 들려주는 이야기

휴식 / 시간 모으기 / 오류 / 단념 / 돌아보기 / 수정 / 변화 / 단순함 / 정리 / 평온함 / 기다림 / 자유 / 또 다른 탄생 / 냉철한 분노
타인을 위함 / 감동 주기 / 존중 / 길 찾기 / 나 찾기 / 나 만들기 / 바라지 않음 / 변함없음 / 물러섬 / 자기창조 / 자유 주기 / 나눔
두려워하지 않음 / 세상을 바꿈 / 여유로움 / 현명하지 않음 / 어리석음 / 무향 / 오감 / 고개 숙임 / 깊음 / 탓하지 않음
사람을 움직임 / 나를 봄 / 옅게 화장함 / 다투지 않음 / 낮은 곳에 위치함 / 불평하지 않음 / 너그러움 / 자유를 줌 / 달을 봄 / 강함
/ 눈을 뜸 / 독립 / 멀리 봄 / 나를 바꿈 / 무아 / 개별 의지 / 소탈함 / 다르지 않음 / 동질감 / 멈추지 않음 / 선한 강자 / 행동
한가로움 / 독창성 / 감성 / 자기 통합 / 매일 아침을 얻음 / 따라 하지 않음 / 정진 / 공평 / 선구자 / 행복을 줌 / 기다림 / 인지
의지(意志) / 숭고함 / 감내 / 회귀 인식 / 구별 / 방향 / 평가 / 멈춤 / 순서 / 서두르지 않음 / 드러냄 / 판단 / 시인 / 자전거 / 믿음
신뢰 / 적은 욕심 / 너그러움 / 이행 / 겸허 / 기세 / 작은 깨우침 / 흘려 보냄 / 진실 / 편한 마음 / 득실 / 욕심 줄이기 / 진실
앎 / 걱정하지 않음 / 마음에 두지 않음 / 거절 / 외로움 / 받아들임 / 여행 / 연민 / 실체 / 예비 / 성숙 / 고귀함 / 자숙 / 시선
여정 변경 / 그만두기 / 편안함 / 모르기 / 알기 / 선택 / 거미줄 끊기 / 역설 이해 / 아님 / 오후 산책 / 따뜻함 / 긍정 / 지관(止觀)
비판하지 않음 / 탈바꿈 / 성공 / 같이 감 / 다름 / 동등감 / 실증 / 평범함 이해 / 단정(斷定)하지 않음 / 친구 / 기억 / 수레 타기
시작 / 젊음 / 이해 / 마음 두둑함 / 다시 시작

30

오늘 갑자기 자신의 지식을 깊은 지혜로 바꾸고 싶은 사람에게
어느 오후 스쳐지나는 바람이 들려주는 이야기

미소 / 꿈 찾기 / 가난한 부자 / 많은 것을 봄 / 자기 것을 봄 / 설렘 / 만족 / 감성 / 겸허 / 설득 / 자기를 키움 / 밝음
인간적임 / 돌진 / 표출 / 소년 / 강자 / 오래된 자기 / 잃지 않음 / 약자 / 해독 / 나를 믿게 함 / 안도감 / 납득 / 자기 노출
가식 / 자기 채우기 / 변심 / 자격 / 솔직함 / 나침반 / 감성 / 비웃음 / 탈출 / 감성 확장 / 자존감 / 자존감 버리기
인내심 / 오늘 / 작아짐 / 철퇴 / 자신다움 / 상심 / 호감 / 사람 지향 / 그릇 키우기 / 오래 달리기 / 아침 감성 / 평상심
오랜 경험 만들기 / 약간의 꾸밈 / 그리움 / 직시 / 멀리 가지 않음 / 반론 / 내일 / 존중 / 멋짐 / 감성 휴식 / 미로 탈출
자기 탈출 / 거절 / 자기 불평 / 수긍 / 비난하지 않음 / 원점 / 무심 / 본받음 / 빛음 / 친밀 / 변덕 / 만남 / 인연 / 인지
공정함 / 기분 전환 / 우울 치유 / 시련 / 역동성 / 숭고함 / 운명 / 평정심 / 실패 / 무소유 / 절망 / 결정 / 부동심 / 밝음
절망하지 않음 / 회복 / 지각 / 슬픔 / 굴욕 / 고독 / 즐거움 / 묵언 / 꿈 찾기 / 자기 지배 / 극대 / 허무함 / 가치 기준 / 분리
비상 / 수수함 / 무심 / 투시 / 창작 / 겨울 / 후회 / 신을 자기 편으로 함 / 방황 / 기다림 / 무색 / 균형 / 먼지 / 감내 / 재연
등반 / 희망 / 도피 / 관조 / 진실 / 존재 / 의연함 / 적절함 / 정결함 / 후각 / 기품 / 치유

31

오늘 갑자기 오랜 시간 후 내게 무엇이 남을지 궁금한 사람에게
어느 오후 스쳐지나는 바람이 들려주는 이야기

일상 / 침착함 / 매력 / 유혹 / 멋진 인정 / 내면 / 진화 / 거래 / 자질 / 방향(放香) / 무향 / 빛음 / 지성 / 깊음 / 보존 / 감내
주고받음 / 맞섬 / 무감각 / 냉철함 / 뺄셈 / 덧셈 / 나눗셈 / 곱셈 / 도전 / 현실 / 오늘 / 깨달음 / 부자유 / 자유 사용 / 권리
생각 / 채비 / 자격 / 아우름 / 식별 / 결의 / 외면 / 목적 / 유효기간 연장 / 근원 인식 / 경계 / 분노 / 징벌 / 불손 / 기개 / 공격
비범 / 자태 / 삼감 / 온화함 / 정결 / 실제 달라짐 / 행복을 배움 / 기억 / 합당함 / 기원(起源) / 구종 / 일임(一任) / 불신
분별 / 자리 낮추기 / 우울 치료 / 복원 / 손익 / 점등 / 담력 / 깨어남 / 평범 / 회복 / 자존감 / 공유 / 증여 / 부자
바라지 않음 / 자족 / 쌓기 / 명예 / 의욕 / 역할 / 자격 / 자기 발견 / 개별의지 / 독립 / 자립 / 인간다움 / 배신하지 않음
만족 / 인지 / 용기 / 선악 / 용서 / 굳셈 / 염치 / 사람의 행복 / 부족 수긍 / 평상심 / 구제 / 길을 찾음 / 자기 창조 / 묶음
속도 맞춤 / 비슷함 / 발견 / 동류 / 무중력 / 조색(調色) / 선함 / 결행 / 가린 것을 거둠 / 무념 / 회귀(回歸) / 문제 / 실재
온화함 / 역경 / 진화 / 벗어남 / 대상 창조 / 자각 / 수수함 / 눈사람 / 납득 / 무익 / 개별 행복 / 무난함 / 자존 / 오만 / 책
기백 / 파괴 / 평온 / 묵언 / 나 / 탈출 / 순서 / 소설 / 사소함 / 지혜 / 자유 / 손익 계산 / 우정 / 생명 무차별 / 공평 / 정체
인간적임 / 내실 / 존경 / 어른 / 후퇴 / 악마의 꿈 / 더 수월함 / 자존감 / 공평 / 권리 / 동질감 / 배우고 익힘 / 냉철함
비슷함 / 가장하지 않음 / 함께함 / 선함 / 결의 / 용서 / 필연 / 타인 지향 / 점잖지 않음 / 복종 / 경작 / 부자유
행복한 목표 / 의지 / 산책 / 저항 / 탁월함 / 지성 / 목표 수정 / 인지 / 올바름 / 독립 / 거부 / 활용 / 달관 / 성공 / 교만
부자 / 궤적 / 결정 / 행복한 죽음 / 무아 / 마중 / 기억 만들기 / 몰두 / 마음 먹기 / 준비 / 둘러맴 / 마무리 / 삶

오늘 갑자기 신이 원망스러운 사람에게
어느 오후 스쳐지나는 바람이 들려주는 이야기

개정판 ‖ 2021년 4월 30일
지은이 ‖ Friedlich
펴낸곳 ‖ 지성과문학
팩스   ‖ 031-935-0520
가격   ‖ 15,000원

ISBN   978-89-98392-56-7 (03810)

오늘 갑자기 신이 원망스러운 사람에게
어느 오후 스쳐지나는 바람이 들려주는 이야기

신이 원망스럽게 느껴지는 사람을 위한 책